SHAKESPÉARE
ET
ADDISSON
MIS EN POINT DE COMPARAISON,
OU
IMITATION ET TRADUCTION LIBRES
EN VERS,
DES MONOLOGUES
D'HAMLET ET DE CATON.

PAR M. DWALL, Correſpondant du Muſée de Paris, & du Cercle des Philadelphes du Cap-François.

> Du Monde, où m'a placé la ſageſſe immortelle,
> J'attends que dans ſon ſein ſon ordre me rappelle.
>
> GRESSET.

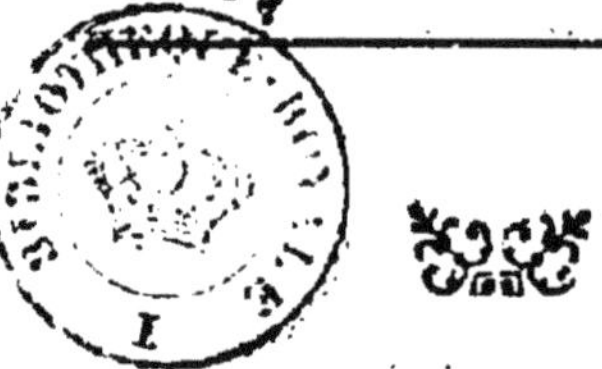

A PARIS,

M. DCC. LXXXVI.

AVANT-PROPOS.

Je croirai toujours rendre ſervice à la Littérature Françoiſe, quand je lui tranſmettrai, par la voie d'une Traduction fidelle & en Vers, les beaux paſſages qui ont le plus contribué à rendre célebres les Grands Hommes dont ſe glorifie l'Angleterre. Au ſeul nom de Shakeſpéare, on s'écrie, on s'incline, on admire! Mais, le connoît-on bien ce Shakeſpéare, ce Peintre merveilleux de l'homme; ce Shakeſpéare, qui n'a encore eu que le ſeul Homere pour rival heureux?

Addiſſon, moins élevé & plus moderne, pourroit être plus facilement connu; mais l'eſt-il?.....

Sans prétendre diminuer la gloire de l'immortel Auteur de la Henriade, j'oſe dire qu'il eſt bien loin d'avoir rendu, ſoit l'Auteur d'Hamlet, ſoit l'Auteur de Caton, dans les deux Monologues dont il s'eſt annoncé pour vouloir donner une idée; c'eſt pourquoi j'ai cru devoir préſenter d'abord au Public ces deux Monologues, tels que je les ai imités ou traduits: on jugera par comparaiſon.

A la ſuite du Texte Anglois, j'ai mis la Traduction littérale en Proſe. Celle du Monologue d'Hamlet, eſt de M. le Tourneur; l'autre, eſt de moi: il ſera facile d'en vérifier l'exactitude. J'ai placé enſuite l'imitation de M. de Voltaire, & finalement la mienne.

> S'il eſt beau de marcher ſur les pas de Voltaire,
> S'il eſt grand de combattre un ſi grand Adverſaire,

on me ſçaura gré de m'être préſenté dans l'arêne;

A 2

on ſentira que je n'ai point cherché à défigurer mes modeles ; &, dans tous les cas, je mériterai la qualité de fidele Traducteur.

J'ai pris pour titre SHAKESPÉARE & ADDISSON mis en point de comparaiſon, parce que le ſujet des deux Pieces eſt le même, & qu'elles pourroient être intitulées, l'une & l'autre: *Méditations ſur l'immortalité de l'Ame.*

HAMLET,
PRINCE OF DENMARK.

ACTE III, SCENE II.

HAMLET.

To be, or not to be? That is the queſtion. —
Whether 'tis nobler in the mind, to ſuffer
The slings and arrows of outrageous fortune;
Or to take arms againſt a ſea of troubles,
And by oppoſing end them? — To die, — To ſleep. —
No more; and by a ſleep, to ſay, we end
The heart-ach, and the thouſand natural shocks
That fleſh is heir to; 'tis a conſummation
Devoutly to be wiſh'd. To die — to ſleep —
To ſleep? Perchance, to dream; ay, there's the rub —
For in that ſleep of death what dreams may come,
When we have shuffled off this mortal coil,
Muſt give us pauſe. — There's the reſpect
That makes calamity of ſo long life.
For who would bear the whips and ſcorns of time,
The oppreſſors wrong, the proud man's contumely,
The pangs of deſpis'd love, the law's delay,
The inſolence of office, and the ſpurns
That patient merit of the unworthy takes;
When he himſelf might his *quietus* make
With a bare bodkin?

TRADUCTION EN PROSE,

Par M. le TOURNEUR.

ETRE, ou ne pas être ? c'est-là la question,.... S'il est plus noble à l'ame de souffrir les traits poignants de l'injuste fortune ; ou, se révoltant contre cette multitude de maux, de s'opposer au torrent & les finir ? — Mourir, — dormir, — rien de plus ; & par ce sommeil dire : nous mettons un terme aux angoisses du cœur, & à cette foule de plaies & de douleurs, l'héritage naturel de cette masse de chair... Ce point où tout est consommé, devroit être désiré avec ferveur, — Mourir, — dormir, — dormir ? Rêver peut-être ; oui, voilà le grand obstacle : — car de sçavoir quels songes peuvent survenir dans ce sommeil de la mort, après que nous nous sommes dépouillés de cette enveloppe mortelle, c'est de quoi nous forcer à faire une pause. Voilà l'idée qui donne une si longue vie à la calamité. Car quel homme voudroit supporter les traits & les injures du temps, les injustices de l'oppresseur, les outrages de l'orgueilleux, les tortures de l'amour méprisé, les longs délais de la loi (1), l'insolence des Grands en place, & les avilissants rebuts que le mérite patient essuie de l'homme sans ame, lorsqu'avec un poinçon il pourroit lui-même se procurer le repos ?

(1) *Nota.* Hamlet semble oublier qu'il est Prince, il parle ici de maux qui ne regardent que les classes inférieures des hommes.

JOHNSON.

IMITATION EN VERS,

Par M. de VOLTAIRE.

DEMEURE ; il faut choisir, & passer à l'instant
De la vie à la mort, ou de l'être au néant.
Dieux justes, s'il en est, éclairez mon courage.
Faut-il vieillir courbé sous la main qui m'outrage,
Supporter, ou finir mon malheur & mon sort ?
Qui suis je ? qui m'arrête ? & qu'est-ce que la mort ?
C'est la fin de nos maux, c'est mon unique asyle ;
Après de longs transports, c'est un sommeil tranquille.
On s'endort, & tout meurt ; mais un affreux réveil
Doit succéder peut-être aux douceurs du sommeil.
On nous menace, on dit que cette courte vie
De tourments éternels est aussi-tôt suivie.
O mort ! moment fatal ! affreuse éternité !
Tout cœur à ton seul nom se glace épouvanté.
Eh ! qui pourroit sans toi supporter cette vie ?
De nos Prêtres menteurs bénir l'hypocrisie ?
D'une indigne maitresse encenser les erreurs ?
Ramper sous un Ministre, adorer ses hauteurs ?
Et montrer les langueurs de son ame abattue,
A des amis ingrats qui détournent la vue ?
La mort seroit trop douce en ces extrémités.
Mais le scrupule parle, & nous crie, arrêtez,
Il défend à nos mains cet heureux homicide,
Et d'un Héros guerrier, fait un Chrétien timide.

Voilà de beaux Vers ! Mais je demande à ceux qui ont lu Shakespéare, je demande à ceux qui ont lu la Traduction de M. le Tourneur, si ces Vers-là ressemblent à l'un ou à l'autre.

IMITATION LIBRE

Du Monologue d'HAMLET.

EST-CE un néant (1) ? Est-ce une éternité (2) ? —
L'esprit se perd dans cette immensité (3) !
Un voile obscur, impénétrable,
De cet avenir redoutable
Couvre le mystere à nos yeux.
Etres limités que nous sommes !
Est-ce à nous, à de foibles hommes,
A porter jusqu'au Ciel un œil audacieux ?

Mais, du sort qui nous persécute,
Faut-il recevoir tous les traits (4) ?
Faut-il, en attendant une derniere chûte,
Toujours combattre & ne vaincre jamais ?
Le courage n'est-il sublime (4),
L'ame n'est-elle magnanime (4),
Qu'en s'exposant aux coups du sort (4) ?
A son courroux le mien s'oppose (5) !
J'arme mon bras, je frappe & j'ose (6),.....
Entre nous deux mettre la mort.

Voyez la Traduction en Prose. (1) Ne pas être.
(2) Etre.
(3) C'est-là la question.
(4) (4) (4) (4) S'il est plus noble à l'ame de souffrir les traits poignants de l'injuste fortune, ou se révoltant contre cette multitude de maux.
(5) De s'opposer au torrent ; (6) & les finir. Avec un poinçon il pourroit se procurer le repos.

De frayeur mon ame eſt atteinte !
Quel eſt donc l'objet de ſa crainte ?
La mort ! Eh ! qu'eſt-ce que mourir ?
Ceſſer d'être... Non, c'eſt dormir (7) :
Rien de plus ; ce ſommeil paiſible (8)
D'un fardeau trop long-temps pénible (9),
Vient enfin nous débarraſſer (10) ;
Et tous les maux que le deſtin barbare (11),
Dans ſa colere nous prépare,
Au moment du ſommeil on les voit s'éclipſer.

Mourir ! dormir ! d[illegible]ir ?... Rêver peut-être (12) !
Dans mon ame à l'inſtant quel doute vient de naître ?
D'un ſonge affreux la ſeule erreur (13),
Ne peut-elle pas dans mon cœur,
Porter le trouble & l'épouvante ?
Si la mort trompant mon attente (15)
D'un nouvel avenir alloit m'ouvrir le cours.....
Dans cette vaſte nuit, où je me vois deſcendre,
Si la vengeance alloit m'attendre,
Et me livrer vivant à d'éternels Vautours ?.....

---

(7) Moutir..... Dormir..... Rien de plus.
(8) Et par ce ſommeil dire.
(9) (10) Nous metton[illegible] terme aux angoiſſes du cœur.
(11) A cette foule de p[illegible]s & de douleurs, l'héritage naturel de cette maſſe de chair.
(12) Mourir — Dormir — Dormir — Rêver peut-être.
(13) Car de ſçavoir quels ſonges peuvent ſurvenir dans ce ſommeil de la mort.
(14) Après que nous nous ſommes dépouillés de cette enveloppe mortelle.

C'est toi sinistre inquiétude,
C'est toi qui me retiens la main (15).
Par toi cruelle incertitude
Le fer aiguisé l'est en vain.
Je cede, je consens à vivre (16).
Oui, sans balancer je me livre
Aux coups multipliés du sort.
Ma force naît de ma foiblesse.
Faut-il, vivant, souffrir sans cesse,
Et craindre tout après la mort.

Puisqu'enfin la crainte l'emporte,
Accourez foule d'oppresseurs (17):
Venez, sanguinaire cohorte;
Exercez sur moi vos fureurs.
Vous Ministres de la Justice,
Inventez un nouveau supplice,
Soyez cruels pour être grands,
Calculez bien votre vengeance,
Et pour mieux conserver votre fausse importance,
Que la lenteur préside à tous vos Jugements (18).

---

(15) C'est de quoi nous forcer à faire une pause.
(16) Voilà l'idée qui donne une si longue vie à la calamité.
(17) Les injustices de l'oppresseur.
(18) Les longs délais de la loi.

Note de l'Imitateur libre. Shakespéare, par le mot LAW, n'a pas pu vouloir parler de la LOI; il a entendu les JUGES. La loi est écrite: *tolle lege.* Mais les Juges examinent, different, déliberent, remettent, oublient, &c. &c. & voilà d'où viennent les délais!

De vos grandeurs que tout le poids m'accable.
Esclaves orgueilleux du nom de Courtisans (19),
De votre morgue insupportable,
Ecrasez-moi parvenus insolents (20).
Gardez-vous de me faire grace,
Unissez-vous à l'homme en place,
Pour accumuler les affronts :
Et faites tomber sur ma tête,
Tous les mépris que l'homme honnête
A si bien gravés sur vos fronts (21).

Mes yeux se remplissent de larmes !
Qu'aurois-je encore à redouter ?
Le sort, pour me persécuter,
Forge-t-il de nouvelles armes ?
Veut-il enfin m'anéantir ?
Mon cœur à cet espoir oseroit-il s'ouvrir (22) ?
Mais non, sa voix se fait entendre.
Quel trouble agite mes esprits ?
Elle s'approche, je frémis,
Infortuné ! que vais-je apprendre ?

---

(19) Les outrages de l'orgueilleux.

(20) L'insolence des gens en place.

(21) Les avilissants rebuts que le mérite patient essuie de l'homme sans ame.

(22) Le point où tout est consommé devroit être desiré avec ferveur.

» Tes malheurs touchent à leur fin.
» Prépare-toi pour ton heure derniere.
» Déjà la main qui te fut la plus chere
» S'arme pour te percer le sein.
» A ce bienfait reconnois ton Amante (23).
» Ne crains pas qu'à sa main tremblante
» Ton foible cœur puisse échapper.
» De tes amis remplis de zele,
» Celui que tu nommois ; l'ami le plus fidele,
» Ton rival, dès long-temps s'exerce à te frapper. »

Frappez ingrats, percez ce cœur si tendre,
Punissez-le de vous chérir,
De n'oser encore entreprendre,
Barbares, de vous prévenir.
Ma tâche enfin sera remplie,
J'aurai payé toute ma vie,
Le tribut de l'humanité :
Les coups sont portés, je succombe.
Que vois-je en entrant dans la tombe ?
L'ÉTERNITÉ.

---

(23) Les tortures de l'Amour méprisé.....

Note de l'Imitateur libre. Qu'est-ce que l'Amour méprisé ?..... C'est l'Amour trahi, qui est vraiment un supplice. Nous n'avons que foiblement à nous plaindre de ceux qui ne nous connoissent pas. Tant que nos cœurs n'auront point sympathisé, je le répete, le mien n'aura que foiblement à se plaindre..... Mais, Shakespéare, me direz-vous..... arrêtez : Shakespéare a écrit pour faire penser, il s'est bien gardé de tout dire. Que n'ai-je ajouté ici tout ce qu'il a supprimé à dessein !

CATO.

ACTE III, SCENE I.

CATO.

IT must be so — Plato. Thou : reason'st well!
Else wherce this pleasing hope, this fond desire
This longing after immortality.
Or whence this secret dread and inward horror,
Of falling into nought? Why shrinks the soul
Back on herself, and startles at destruction?
'Tis the divinity that stirs within us
'Tis heaven itself that points out an here after.
And intimates eternity to man.
Eternity! Thou pleasing dread ful thought!
Through what variety of untry'd being
Through what new scenes and changes must we pass!
The wide, the un bounded prospect lies before us.
But shadows, clouds, and darkness rest upon it.
Here will I hold. If there's a power above us
(And that there is all nature cries aloud
Through all her works) he must delight in virtue
And that which he delights in must be happy.
But when, or where! This world was made for Cesar
I'm weary of conjectures — this must end 'em

Thus am I doubly arm'd : my death and life
My bane and antidote are both before me :
This in a moment brings me to an end ;
But this informs me I shall never die :
The soul, secured in her existence smiles
At the drawn dagger , and defies its point.
The stars shall fade away , the sun himself
Grow dim with age , and nature sink in years
But thou shalt flourish in immortal youth
Unhurt amidst the war of elements
The wrecks of matter , and the crush of worlds.

TRADUCTION

En Prose.

CELA ne peut pas être autrement. — Platon, tes raisonnements sont fondés ! car sans cela, d'où nous viendroit cet espoir si flatteur, ce desir si vif, & si impatient de l'immortalité ? D'où naîtroit en nous cette crainte secrette, cette appréhension intérieure de tomber dans le néant ? Pourquoi l'ame se crispe-t-elle, se replie-t-elle sur elle-même ? Pourquoi bondit-elle à l'idée de la destruction ? C'est la Divinité qui se meut en nous, c'est le Ciel lui-même qui du bout du doigt nous montre un avenir, & qui donne à l'homme une idée de l'éternité. Eternité ! pensée agréable & terrible ! Quelle variété de nouvelles existences faudra-t-il éprouver ? Quelles terres nouvelles faudra-t-il habiter ? A quelles étranges métamorphoses faudra-t-il être assujetti ? La perspective immense & illimitée est devant mes yeux ; mais des ombres, des nuages, & les ténebres la couvrent en entier.... Je m'en tiens à ceci. S'il existe une Puissance au-dessus de nous, (or, la nature & tous ses ouvrages nous le crient à haute voix,) cet Etre supérieur doit voir la vertu avec plaisir, & ce en quoi il se complaît doit être heureux : mais où, & quand ? Ce monde-ci a été fait pour César. Je suis las de conjectures, — il faut que ceci y mette fin. Je tiens donc une arme de chaque main ! J'ai devant moi le poison & l'antidote. L'un me fait finir en un instant,..... mais, l'autre m'apprend que je ne mourrai jamais. Mon ame, garantie par sa nature, sourit au poignard nud dont elle défie la pointe. Les étoiles se terniront, le soleil lui-même, à la suite des siecles, pâlira, la nature succombera sous le poids des années; mais toi, mon ame, tu conserveras ta jeunesse & ta fraîcheur à travers la guerre des éléments, les débris de la matiere, & la chûte des mondes.

IMITATION

IMITATION EN VERS,

Par M. DE VOLTAIRE.

OUI, Platon, tu dis vrai, notre ame est immortelle,
C'est un Dieu qui lui parle, un Dieu qui vit en elle.
Eh! d'où viendroit sans lui ce grand pressentiment,
Ce dégoût des faux biens, cette horreur du néant?
Vers des siecles sans fin je sens que tu m'entraînes.
Du monde & de mes sens je vais briser les chaînes,
Et m'ouvrir loin d'un corps dans la fange arrêté,
Les portes de la vie & de l'éternité.
L'éternité! quel mot consolant & terrible!
O lumiere! ô nuage! ô profondeur horrible!
Qui suis-je? où suis-je? où vais-je? & d'où suis-je tiré?
Dans quels climats nouveaux, dans quel monde ignoré,
Le moment du trépas va-t-il plonger mon être?
Où sera cet esprit qui ne peut se connoître?
Que me préparez-vous abîmes ténébreux?
Allons, s'il est un Dieu, Caton doit être heureux.
Il en est un sans doute, & je suis son ouvrage (1).
Lui-même au cœur du juste il empreint son image,
Il doit venger sa cause & punir les pervers.
Mais comment? dans quel temps? & dans quel Univers?
Ici la vertu pleure, & l'audace l'opprime;

---

(1) Ces deux Vers sont dignes de Racine.

L'innocence à genoux y tend la gorge au crime ;
La fortune y domine, & tout y suit son char.
Ce globe infortuné fut formé pour César,
Hâtons-nous de sortir d'une prison funeste.
Je te verrai sans ombre, ô vérité céleste !
Tu te caches de nous dans nos jours de sommeil :
Cette vie est un songe, & la mort un réveil.

Voilà encore de bien beaux Vers ; mais le troisieme, le douzieme & le vingt-quatrieme exceptés, je ne reconnois le Monologue de Caton, qu'aux noms de Platon & de César !

TRADUCTION LIBRE EN VERS,

Du Monologue de CATON.

Tu m'éclaires, Platon : oui, de la vérité
Tu fais luire à mes yeux le flambeau salutaire ;
Je vois que je suis né pour l'immortalité,
Je sens qu'avec raison je desire & j'espere.
D'où naîtroit dans mon cœur ce fier pressentiment,
Qui diroit à mon ame, & qu'elle est immortelle
Et qu'elle doit frémir au seul mot de néant,
Si la Divinité ne respiroit en elle ?
C'est un Dieu dont la main me montre un avenir ;
Un Dieu qui dans mon cœur en grava l'espérance :
Ce Dieu, qui me destine à ne jamais finir,
Pendant l'éternité sera ma récompense !
L'Eternité ! flatteur, mais redoutable espoir !
Consolante à la fois & terrible pensée !.....
Que de biens, que de maux elle laisse entrevoir !
Tout en est inconnu ,..... l'ame est embarrassée !
Sensible à mes esprits, invisible à mes sens,
Sur ce monde ignoré je porte en vain ma vue,
Des ombres, des amas, de ténébreux volcans,
Des nuages obscurs, en couvrent l'étendue.
Qu'importe. Un Univers annonce un Créateur :
Puisqu'il existe un Dieu la vertu doit lui plaire,
Et l'être vertueux doit prétendre au bonheur ;
Mais où ? quand ? & comment ? c'est un triste mystère,

Faut-il qu'en attendant, esclave de César,
Je serve aux volontés du Despote du monde ?
Faut-il que César regne ; & m'enchaîne à son char,
Et que pour m'affranchir nul bras ne me seconde ?
Quoi ! j'interroge en vain mon aveugle raison !
Armons-nous, pénétrons au-delà de la vie.
Quand je tiens l'antidote, où donc est le poison ?
En vain d'un fer mortel la piqûre ennemie,
De ma foible machine attaque le ressort !
Mon ame rit du glaive aiguisé par la mort !
Le soleil perdra sa lumiere.
A leur obscurité premiere
Tous les astres seront rendus.
Enfin, de la nature entiere,
Tous les éléments confondus
Publieront la crise derniere ;
Mais mon ame tranquille au milieu du fracas,
Verra finir le monde, & ne finira pas.

F I N.

Lu & approuvé, ce 13 Mai 1786. DE SAUVIGNY.

Vu l'Approbation, permis d'imprimer ce 13 Mai 1786. DE CROSNE.

De l'Imprimerie de CAILLEAU, rue Galande, N°. 64.